KB083597

쇠비름의 집

시와소금 시인선 162

## 쇠비름의 집

ⓒ백혜자, 2023. printed in Seoul, Korea

초판 1쇄 인쇄  2023년 11월 27일
초판 1쇄 발행  2023년 11월 30일
지은이  백혜자
펴낸이  임세한
펴낸곳  시와소금
디자인  유재미 정지은

출판등록  2014년 1월 28일 제424호
발행처  강원 춘천시 충혼길20번길 4, 1층 (우-24436)
편집·인쇄  서울시 중구 퇴계로50길 43-7 (우-04618)
전화  (033)251-1195 / 휴대폰 010-5211-1195
전자주소  sisogum@hanmail.net
ISBN  979-11-6325-070-8  03810

값 12,000원

강원특별자치도  강원문화재단  Gangwon Art & Culture Foundation
· 이 책은 강원특별자치도 강원문화재단 후원금으로 발간되었습니다.

시와소금 시인선 · 162

# 쇠비름의 집

## 백혜자 시집

시와소금

저녁이면 참새 소리 가득한
향나무 서 있던
옛집 마당이 그립다

탁탁탁 분주히 계단을 오르던 식구들
문을 열고 환하게 들어서던 얼굴들
저녁 밥상에 애들을 위해 고기를 굽던
눈코 뜰 새 없었던
시절도 슬그머니 지나가 버렸다

"시란, 서러운 것들에게 올리는 제사."

이제 텅 빈 시간을 채우는
아무도 듣지 않는 노래를 부르며
제 흥에 취해 제를 지내며
향을 사르는
가을 저녁이다

| 차례 |

| 시인의 말 |

## 제1부 꽉 찬 울음

## 제2부  구름 여인숙

## 제3부 천국의 오후

제4부 화투판 풍 약

시인의 에스프리 | 백혜자

제 **1** 부

꽉 찬 울음

# 호박꽃

가시에 찔리며
장미 넝쿨로 기어올라 피었지요
장미잎 자르러 온
장미가위벌이
황당해서 돌아가고
황금종 마구 울려대던 시절이 있었지요
애호박 달고 늘어지며
호박벌 부르던 시절
지금은 잊혀진 뒤란
담벼락에
바싹 달라붙어
황금빛 추억을 바스락거리는
겨울입니다

# 혜자의 전성시대

고교 시절 우리 반엔 혜자 클럽이 있었다
정혜자 손혜자 반혜자 이혜자 김혜자
백혜자 여섯 명의 혜자들
아버진 똑같은 게 싫었는지
은혜 惠자 위에 초 두 자를 얹어
꽃 뿌리 蕙로 만드셨다

선생님이 출석을 부를 때마다
내 이름에 와서는 멈칫하다
군자 혹은 훈자라고 불렀다
동사무소에서는 초 두 자를 떼어버리고
은혜 惠자로 고쳐버렸다
이름 덕분인지 조금 별나기도 했다
언제나 친척들이 북적대는 집이 싫어
밖으로 쏘다니다 해 지면 들어와
봉의산에 가서 혼자 살라고
엄마한테 야단맞곤 했다

그 말이 씨가 됐는지

지금도 봉의산에 올라

혼자 놀다 온다

# 여우에게

상수리나무 숲에
별들이 와서 누웠다
어둠에 갇힌 밤
미남으로 둔갑한 여우가 기다리는
그 집에 가고 싶다
너에게 홀려

내 간 다 빼주고
사람이 되게 해 줄게
따뜻이 불 밝히고 날 맞아다오

별들이
바람에 흔들린다
날 새기 전
어서 날 홀려다오

# 억새

억새들이 하얗게
백팔 배 하네

그 곁에
젊은 날 남편 두고
돈 벌러 서독 간 간호사
명자 언니도 하얗게 피었네

옛 남편 딴 여자 얻어 잘 사니
다행이라고
가볍게 흔들리네

몇 번의 장마도 억세게 버텨낸
은색의 억새
한 생애가
빈 하늘로 날아오르네

# 작은댁 음전 언니

새언니 연분홍 치마저고리 입고
반사리* 왔을 때
나를 보고 웃어주던 모습
방금 핀 벚꽃 같았어

제사 때 되면 제일 먼저와
맷돌질하던 언니
제삿날이 너무 좋아
서둘러 학교에서 돌아오면
애기씨 애기씨
배고프죠
따끈한 부치기 한소당 담아주면
난 공주가 된 것처럼 좋았지

동생 업어주지 않아서
구박댕이 된 나를
제일 예뻐해 준

벚꽃 같은 새언니

어느새

백발 되어

요양병원에 누웠있다


\* 반사리 : 고향에서 새신부 신랑을 초청해 친척들이 돌아가며 음식을 대접하던 풍습

# 솔잣새

겨울 철새 솔잣새*는

흰 부리는 십자가에 달린 예수님

대못을 빼다 휘어졌고요

붉은 가슴은 그때 물든 예수님 보혈이래요

심심산골 침엽수림

꽝꽝 언 숲에서

목마른 새를 발견한

산불감시원은

목마른 새님 드시라고

물통을 지고 날마다 산을 올랐대요

한겨울 져 나르는 생명수에

이웃 새들도 그걸 알고

함께 와 마신대요

올겨울 다시 돌아온 솔잣새

엄동에도 그 남자 등에 물통이 춤추고요

새의 날개가 돋은 듯

험한 산도 한달음에 오른 데요

* 솔잣새의 전설, 안성식 기자의 새 이야기 중에서

# 현호색

산골짜기 헤매다
누가 보는 것 같아
두리번거리니
발 앞에 있는 듯 없는 듯
현호색이 피어있다
고교 시절
플룻을 잘 불던
숙이처럼 애잔하다
그녀가 곧잘 연주하던
아를르의 여인
봄에 제일 먼저 피었다지는
단명한 현호색처럼
그렇게 가버린 그녀
어디선가 꾀꼬리가
플룻 소리를 낸다

# 강나무

저기
강나무 봐

뿌리로 내려가면
강이 있겠지

나무에 든 해가
펌프질한다

물찬 홍시도 몇 개 찰랑댄다
이빨 잃은 그도

물컹한 강에
입을 담글 수 있겠구나

# 꿀꽃

어린 아들 데리고
친정살이하던 고모
아랫마을 유부남과 바람피우다 들켜
목매달아 죽었다
아버진 가엾은 딸을
인적 드문
가마골에 묻어주었다

그렇다고 혼자 죽을게 뭐람?

강산이 변해
어느새 머리 허연 동생과
처음으로 찾아간 그곳

봉분은 가라앉고 묘석만 남아
목숨과 맞바꾼 연애가 달콤했는지
보랏빛 꿀꽃 속에 묻혀있다

# 목련나무 등을 걸고

어머니 우렁이 각시처럼
김치를 담가 들고
오시던 길이
임사 체험자가 다녀왔다는 길인 듯
저녁 빛으로 깔려있다

부모님이
차례로 이승을 떠나던
슬픔이 가고
또 가던 저녁마다
목련나무 가지에 등을 걸고
기다리던 별

이제 너마저 가고
빈집에 돌아와 몸을 누이면
허둥대며 찾아오는 선잠

꿈속에서 머무는
아득한 빛의 길 위에서
누군가 내 이름 부르고 있다

# 헛것이 보이나?

새로 이사 온 산수유

핼쑥한 꽃을

온몸으로 밀어 올린 봄이다

그 옆에 안색 나쁜 노인

산수유 닮았다

편찮으세요?

우울증 약을 먹어서 그래요

눈동자가 풀려 있다

누가 분홍 옷을 입고 기다리나?

반가워 다시 보니

진달래다

헛것이 다 보이네

요양병원 입원하면

자식들이 집부터 판다는데

설마 지어낸 말이겠지

괜히 뒷골이 땡긴다

# 배롱나무

바람이
배롱나무 발가락을
자부락거리면
몸을 꼬며 깔깔 웃다
빨간 꽃잎 떨어뜨린다

어린 날
자는 척 누워있으면
아버지
내 발가락 간질러
저렇게 꽃잎 같은
웃음을 떨구게 했었지

내 성을 지키던 사내들
바람이 되었나?
살랑살랑 불어와
자꾸 발가락을 간질리네

# 쇠비름의 집

빈집엔 풀들이 몰려와 살았다

살찐 쇠비름이 기어 다니며
마당을 차지하고
작고 노란 꽃을 피워 놓았다

길고양이도 들락거렸다
먹으면 장수한다는 쇠비름 지천인데
사업 실패로 아들은 병들어 죽고
혼자 살던 늙은 어미 갑자기 세상 떠나자
빚에 저당 잡힌 집이 팔리려나 보다

수상한 비구니 둘이 다녀가자
담 너머 내다보던 명아주 손사래 친다
일회용품처럼 연기로 사라진 노인
훨훨 날아 어디로 갔을까?

대문 틈으로 들여다보니

무럭무럭 뻗어가는 쇠비름, 평안하다

# 귀뚜라미

엘리베이터를 타면
귀뚜라미가 따라와 운다
어느새 구중궁궐 방까지 들어와
꼭꼭 숨어 운다
아무리 찾아봐도 보이지 않고
귀뚤귀뚤 금강경 외듯
밤새 소리가 들린다
깨어 있으라고
깨어 있으라고
밤새 외며
내 잠 속까지 따라온다
도대체 어디에 숨었나?
그러던 어느 날 아침
식탁 위에 널부러져 있다
가을이 빠져나가고
소식도 없이
눈이 오시는데……

# 꼭 찬 울음

땅속을 박차고 나와
날개를 얻은 대신
십여 일 울다 죽어야 해
그래도 좋아
타고난 운명인 걸
그래서 바빠
물만 먹고 살아도 바빠
똥도 눌 새 없어
날 새기 전부터 울어 재키고
종일 울고
비 오는 날에도 울고
달밤에도 울고
가로등 아래서도 울어야 해

꼭 찬 울음
다 울어버려야
다시 올 수 있어

# 마녀갈빗집

그 남자가 지나가는 저녁이면
갈비 굽는 푸른 연기가 날려
그 남자는 끌려가고는 했어
출출한 남자에게
빨간 입술의 마녀는 갈비를
상추에 싸서 입에 넣어주고
소주를 따라주며
간살을 부리곤 했어

날마다 끌려간 그 남자
포동포동 살찌고 배가 나왔지
잡아먹기 알맞게 된 어느 날
푸른 연기 피어오르는 머나먼 숲으로
그 남자를 데리고 사라졌어

그 후 마녀갈빗집은 흔적도 없고
행방불명된 그는 찾지 못했어

가을이 깊어진 날

뒤뜰 시든 호박넝쿨 아래

마녀 갈빗집 간판이 떨어져 있었어

# 호숫가 은사시나무

호수가 은사시나무는
한발은 물에 담그고 서서
사철 바람을 맞는다

어디서 누구와 사느냐에 따라
달라지는 팔자라니!

맞추름한 몸매
시나브로 사라지고

봉두난발
휘어진 허리
심장을 파먹힌 구멍

물결이 풀어놓은 환한 빛
밤이면 별을 안고 춤추는
시인이 되었구나

# 제 2 부

# 구름 여인숙

# 오목눈이

샘에 와
오목눈이
물방울 튀기며
날개 씻는다

신나게 물장구치다
물속 하늘 산산조각 낸다

오목 눈 치켜뜨고
뒤돌아보지 않고
날아오른다
저 명랑한 비상

허공에 새털구름 눈부시고
햇무리 떠 있다

# 굴참나무에 스며들어

너에게 스며들어
구름을 만지다
바람 속에 잠들래

잎새에 비단벌레 키우며
아이 간지러워
조금씩 먹어 깔깔 웃으며
살 거야

산새들 불러들여
둥지도 짓게 해야지
아기 태어나면 안아주고 업어주고

초록 바람 타고
팔랑거리며 산 아래
너에게도 다녀올 거야

# 시인 나무

각하의 명령에
이태리 은백양 양과
수원 사시나무 군을
결혼시켰지
그래서 은사시나무가 태어났어
새하얀 살결의 껑다리
멋쟁이 나무로 쑥쑥 자라
민둥산은 푸르러졌지만
속이 물러 목재로 쓸 수 없어
버림받았지
그리고
꽃가루 날려 보내
봄의 열병을 앓게 하는
시인나무가 되었지
바람 불면
시 찾아
하늘을 헤매는

# 나는 봉이다

옷가게에 가면
나는 봉이다

얼마든지 입어 보세요
금방 봉황이 되네요
내 팔랑귀 홀랑 넘어가
잠시 봉황이 된다

옆집 영이는 외동딸
날마다 예쁜 옷 입고
나랑 학교 가는 길에
인기스타가 되곤 했다

어릴 적 기억 때문일까,
사들인 무거운 날개가
카드의 한계를 넘어서건 말건
결핍 앞에 쪽을 못 쓴다

오늘도 몇 번 입지도 않을

옷을 들고

봉황이 되어 날아간다

# 찌르륵 찌르륵

가을이 어느새 날아와
포플러나무에 앉았다

억센 풀밭도 가을비에
쓰러져 누웠고
여기저기서 울음소리 들린다

낼 모래가 추석
술 한 병 들고 그대에게 간다

나왔어요
말을 건네니
솔잎 사이로 베짱이가 내다본다

환생했어?
술 몇 잔 권 한다

찌르륵 찌르륵

소나무 속에서 흘러나오는 노랫가락

그새 취했어?

# 자전거

그 남자
내 몸에 들어와 사네
추모공원에 떼어놓고 왔는데
어느새 먼저 와
TV 앞에 앉아있네
멋모르고 좋아서 죽던
능수버들 휘휘 늘어진 뚝방 길
뿜어나온 테스토스테론 힘으로
자전거에 나를 태우고 달리네
일찍 나온 별들이
손가락질하는 그 길에
나 그 남자 옆구리 쥐어박으며
신나게 달리네
깨고 싶지 않은 꿈을 꾸네

# 오늘은 비

종일 내리던 비
저녁에 멈칫하네요
이 틈에 참새가 땅으로 내려오고
젖은 날개를 텁니다
구름 밀고 나온 초승달이
가는 비 맞고
아직 떠나지 못한
당신도
어둠에 잠깁니다
또 하루가 갑니다
하늘에서 창이 열린 걸 보니
내일은
맑겠지요

# 김치찌개 끓이는 저녁

바가지는 마누라가 긁어야 제맛인데

투덜대며 묵은 김치 꺼내

그의 잔소리 썰 듯 힘주어 숭덩숭덩

냄비에 넣고 삼겹살도 듬뿍 투하

정리 정돈 입에 달고 사는 남편

아무리 그래봐 넌 날 못 고칠걸

마늘을 팍팍 다지며 어질러놓아 주니

파를 딱딱 딱다구르

매운맛 볼래

청양고추 다지다가

지 엄마 맛이나 보라고 우유도 조금 넣는다

은근한 불에 부글부글

암 오래 끓여야지

영문도 모르는 섞어찌개

맛있는 냄새

이제 그를 불러낸다

# 시가 써지지 않는 날

이깟 것 저까짓 것 네깟 것
고깟 그깟
읊어 본다

청춘의 맛
새로운 맛
살맛

죽을 맛
죽을병 죽을상 죽을죄
죽을힘
씹어 본다

비 오고 안개 자욱한 책상
동글동글 떨어져
파문을 이루는 말

# 잠 오지 않는 밤

남산만 한 배에서
첫애가 태어났을 때
죽지 않고 살아나서
날아갈 듯했지

교복 해달라는 조카딸
동서가 미워서 거절한 것
그 애는 아직도 기억하겠지

애 봐주던 친정엄마
난생처음 가는 여행 보내드리고
애 데리고 출근했던 난감한 일
그래도 두고두고 기쁜 추억으로
떠오른다

꼬리에 꼬리를 물고 오는 기억들
잘못한 일 떠오를 때마다

후회하다

설핏 든 새벽잠
꿈에도 전전긍긍하며 가위눌린다

# 귀신

배꽃 만발하고 소쩍새 우는 밤
어디선가
바람에 통소 소리 실려 오고
마음 달뜬 노총각 양생*
만복사 부처님께 달려가 떼쓴다
요번 내기에 지시면
장가보내 주세요
부처님 슬쩍 져주시고
어여쁜 아가씨를 보내 주신다
불같이 통한 두사람
며칠간 뜨거운 사랑 나누다
잠시 집 비웠다 돌아오니
집도 그녀도 사라지고
그 자리 무덤만 덩그마니 남았네
헐
황당해 넋 놓고 있는데
허공에서 들리는 그 여자 목소리

난 남자로 환생했다오

귀신도 배신하나?

부처님께 달려가 따져 물으니

뜨거운 사랑 했으면 족하지 않니

불전이나 두둑이 놓고 가시게!


* 양생 : 금오신화에 나오는 명혼 소설의 주인공

# 아모레 파티(Amor Fati)


무럭무럭 자란 외로움에
노을이 물드네

맥주 한잔하세

"인생은 지금이야, 아모레 파티"

네 운명을 사랑하라고
저 여자 빙글빙글 춤추네

내다 버린
내 운명

산발하고
붉은 치맛자락 날리며
바람 부는 대로 춤추네

아모레 파티!

# 강씨가 죽나보다

강씨는 심장이 멈출 듯
숨이 가쁘다
버드나무 거꾸로 흔들리고
낯빛이 파래졌다
고기잡이 골몰하던
왜가리 보이지 않고
물 주름만 떨리고 있다
이상한 냄새 풍기며
으스스 바람이 불어오고
강씨의 새끼들도 벌렁 자빠져
흰 배를 들어내고 떠내려온다
공지천 상류 어디선가
누가 독극물을 몰래 풀었나 보다
누가 강씨를 죽이나
범인을 잡아라
강씨를 살려라
바람이 아우성치며 달린다

# 구름 여인숙

밤새 구름이 들락거렸다
별난 구름 밀려와
옆 방에 묵나 보다
들락거리는 소리에
엎치락뒤치락
잠을 설친다
일어나 포도주 한잔 마신다
밤새 만리장성을 쌓는지
뇌성 번개 요란하다

눈 떠보니 고요한 아침
창백해진 새벽달이
멀거니
들여다본다

# 화자

그녀는 동네에서 제일 예쁜

돈 많은 홀어미 외딸

제일 먼저 시집갈 줄 알았다

그런데 어쩐 일인지 환갑이 넘었는데

아직도 결혼하지 않았다고 했다

엄마가 반대하는 남자와 배 맞아

도망가 애를 낳고 왔다는

소문 들은 적 있다

어느 날 거리에서

우연히 만난 그녀

아직도 꿈꾸는 처녀

보석 목걸이 두르고

립스틱 짙게 발라도

아코디언처럼

늘어나는 꽃의 목주름

숨길 수 없었다

너는 누구의 화자니?

# 등나무 아래서

첫 아이 낳았던 그 날처럼
바람은 미역국을 끓이며 보글보글 불고
그 애는 보랏빛 꽃 속에 잠들어 있어요
당신은 등나무처럼 든든한 어깨로
많은 꽃을 거뜬히 메고 있네요
날은 날마다 와서 알아차릴 수 없이 새 나갔어요

한 손에 아이 손잡고 한 손에 무기 들고
아침마다 직장으로 뛰어가는 날 보고
문구사 아저씨는 씩씩하다고 응원했지
나를 도와준 화자 언닌
은혜 갚기도 전에 서둘러 가버리고
그 많은 짐을 지고도 끄떡없이 뛰던
우리는 누가 불렀던 행진곡일까?

오늘따라 꽃 등불 켠 나무 아래서
행복의 페이지를 뒤적입니다

모두 떠났지만

오월의 연초록 추억이 빛나는

하루입니다

# 우주로 낸 문

벗나무 올려다보니
우주로 문을 낸 까치집에
하얀 꽁지가
꼼지락 꼼지락거린다
집수리하는지
낮달도 따라와 서 있다
봄이 나무속으로 와서
꽃망울이
어린 소녀 젖꼭지만 해졌다
저 꽃 만발할 때
터지는 황홀
꽃 속에 앉을 날
멀지 않구나

제 **3** 부

천국의 오후

# 집에 가자

집에 가자
바람결에 들리는 목소리

참새 돌아와 깃들던
문 앞 모과나무
가을이 깊었겠지

집에 가자
너무 오래 떠돌았구나!

가서 따뜻한 밥 지어
마주 앉아 소주 한잔하고 싶구나!

집에 가자
집에 가자
집에 가자

# 안개역에서

안개에 홀려 본 적 있니
휘감고 지나가는
ㅎㅎㅎㅎ 흘리고 가는
축축한 비웃음

소식 없는
비열한 사내를
30년 동안 안개 역에서
기다려 울어본 적 있니

늙어서 어깨가 구부정해졌을
팔다리가 가늘어진, 머리칼 다 빠진
아마 죽었을지도 모를

한때 심장이 미어지게 보고프던
그때 그놈을

# 춘희

네 영감 왜 안 죽니
그런 말 하지 마
그러면 더 안 죽는대

요양병원 나서는 머리 위
검은 비닐봉지 조기처럼
펄럭인다

몇 년째 누운 영감
또 일 년이 다 가는데
지팡이 의지하고 돌아가는
집이 멀다

이름은 섹시한 춘희야
시든 가슴에
동백꽃 한 송이
달아줄까?

# 제임스 본드 바퀴벌레

난 본드 먹고
환각의 세상을 춤추며 날아다녀
본드* 먹고도 멀쩡한 건 나쁜
인간들 멋모르고 흉내 내다
죽어버리지
난 3억5천만 년 살아왔고
이미 북극도 접수했어
너희들이 날 박멸한다 해도
난 죽지 않고 살아나는
환각을 즐기는 제임스 본드
알주머니 차고 다니는
본드 먹는 바퀴럴레

* 바퀴벌레는 본드도 먹어치운다

# 이 공주

이름은 공주지만
팔자가 받쳐주지 않았다
시녀 서너 명쯤 거느려야 하는데
남편은 말단 공무원
애 줄줄이 낳고
밥 짓고 빨래하고
콩 튀듯 뛴다
툭하면 소리 지르다
가끔 거울 볼 때면
아, 참! 내가 공주지
난장에서 사 온
유리 목걸이 걸어 본다
쌓인 설거지하면서 상상에 빠진다
무도회는 몇 시에 열리나?

# 천국의 오후

요양병원에서 집에 온 오빠
천국에 온 것 같구나!
마누라가 천사같이 보여
모처럼 통증 없는 시간이
늦가을 바람에 흔들린다

어쩔 수 없이 가는 가을
하루를 천년처럼 살아보려 해
바나나 한 쪽을 드리니
집에서 쫓겨나지 않으려고
오래 잡수신다

낡은 냉장고 돌아가는 소리가
태평가처럼 들리는
천국의 오후였다

# 시집온 날

시집왔니?
친구의 문자
살구나무에서 새소리 쏟아진다
시가 저렇게 쏟아지면 좋겠다
시가 좋아서
시집가잖아
하며 창문 닫는다
창문까지 달려온 안개가
어느덧 걷히고
새신랑
시집왔다

# 용수메기소

백가네 집성촌 가는 길에
용수메기소가 있었다
물이 무섭게 빙빙 돌아 흘렀다
그곳에 빠지면 살아나올 수 없다고 했다
애 못 낳는 백가네 며느리가
먼저 뛰어 들어갔다
그러자 남편 잡아먹었다고 구박받던
육촌 댁 며느리도 따라 들어갔다
도원으로 가는 길이 있는지
두 여자를 찾지 못했다
가끔 물 위에 복사꽃 붉은 마을이 나타나고
두 여인이 아이를 안고
다정히 거니는 모습을 보았다고
수군거렸다
용수메기소 속 도원 가는 길로
남편 잡아먹은 나도
나도 한 번 가 볼까

# 연분홍 화엄

1000년 넘은

사라카*와 합장 촌은

표주박처럼

고산에 둘러싸인 오지마을

눈을 털어내기 위한 지붕이

한결같이 두 손 모으고

온 마을 휘돌아 흐르는

염주처럼 걸려있는 도랑물

땅도 비석도 야생화도 벚꽃도

물에 비친 하늘도

모두 합장하는 마을

전생에 내가 살던 곳인가?

벚꽃이 반가운 친구처럼 따라오고

연분홍 화엄이 바람에 날리다

옷깃에 앉곤 한다

* 유네스코 세계유산으로 일본의 북 알프스에 둘러싸인 마을

# 참새야, 눈 온다

하늘 가득 눈이 오길래
목 빼고 쳐다보다
날아가는 참새보고
참새야 눈 오신다
말 걸어 본다

오늘 해본 말 전부다

동짓달 저녁은 급히 어두워지고
고개 떨구고 돌아서서
저녁 한술 뜬다

한숨 자다 보면
엄마가 오겠지
종일 기다리다 목 빠졌다고
투정 부리면
아이구 저런 내 새끼
하시겠지

# 달은 죽지 않는다

갓 나은 애기를
냉장고에
넣어둔 엄마

비 오고 구름 가려도
달은 자라서
보름달 되고

어느새
그믐달이
팽나무 먼 가지에 앉아있네

그리고
삭(朔)

냉장고에 들어간 달이
초승달 되어
다시 뜨네

# 해운대 갈매기 2호

어젯밤 곰장어 구워 술 마시며
흥청거리던 갈매기 다 날아가고
바람에 날아갈세라 허리 묶인
마술에서 풀려난 남루한 포장마차
갈매기 2호
엉성한 거적문 앞에
고양이 한 마리
인기척에 놀라 어슬렁 일어난다
뭐라지 않아도
유도화 붉게 핀 꽃그늘 아래로
쓸쓸히 걸어간다
저녁 술자리 기다리기엔
시간이 무료한 듯
할 일 없이
아침 일출 눈부시다

# 잡아서 구워 먹자

백로가 물속을
열심히 들여다보고 서 있는
푸른 오월 물가
아! 하고 감탄하는 찰라
아이가 백로를 향해 달려가며
잡아서 구워 먹자 외친다
백로가 놀라 푸드득 날아
소나무에 앉는다
아이의 머릿결이 바람에 날리고
오동통 살 오른 얼굴이
아쉬운 듯 백로를 쳐다본다
아이는 천사라는 생각이 무너지는 순간
백로는 물고기를 놓치고 달아났다
백로야 내려와
잡아서 구워 먹게
아이가 외치자 똥을 깔기고
아주 멀리 날아가 버렸다

# 좋은 하루

오래 살아야지
아암, 오래 살아야지

미인도 늙어 할멈이 되고
독서광인 그녀는
돋보기 쓰고도 글을 못 읽네
자식 자랑하던 그녀는
독거노인이 되었구나

말해 뭣해
서울대학에 단번에 척 붙던 그녀는
침대에서나 떨어지고
명품으로 몸을 감싼 그녀는
진수성찬 앞에서도
새 모이만큼 밖에 먹지 못한다

기분이 슬슬 좋아져

돌아서서
피식 웃는

질투했던 애들
다 늙어서 좋은 하루

# 나비점

햇살에 반짝이는
작은 배처럼
사차선을 건너가는
올해 처음 본 흰나비
흰나비 먼저 보면
상제가 된다고
이제 그럴 염려 없으니
내가 받아 든 점 패는
꽃밭만 찾아가라는 것
건널목 신호등 앞에서
팔랑팔랑 파닥이는
내 하얀 심장

# 거미

너 다니는 골목에
날마다 매복하다
드디어 잡았지
몸부림치지 마
곧 행복해

우린 일심동체
춤추던 네 날개
승리의 깃발로 줄에 매단다

내 뱃속 어때
진달래 꽃술 한잔할까?
거미가 능글거리며 물었다

# 당간지주에 기대어

깃발 내린 지 오래
절은 흔적만 남은 채
사라지고 없다
봄은 또 오고
발아래 민들레 제일 먼저
꽃을 피웠다
소원을 빌던 사람들
소원을 이루고
떠났을까?
문득 하늘 보니
낮달이 깃발처럼 걸려있다

제 **4** 부

# 화투판 풍 약

# 가을이

늦장마 끝나자
머리털 다 빠진 포플러

악쓰며 땀 흘리던 매미는
인사도 없이 사라지고

빛바랜 하늘이
서늘하게 앉아있다

누가 여기서 울다 갔나
마르지 않은 눈물

귀뚜라미 풀죽어 우는 풀밭
푸른 잎 다 거두어 가지고

그렇게 갈게 뭐있니

# 소 몰던 소리

종길 아재 산비탈 밭 갈며 뽑는 곡조가
오항리 골짜기로 울려 퍼지면
봄은 연둣빛으로 피어 올랐다
아러 마라 아냐 쯧쯧
한 소절 길게 지르고는 워 워
천천히 이어가는 곡조가 절창이었다
골짜기는 성능 좋은 마이크
골을 다 벗어나도록 울려 퍼졌다
송아지는 졸졸 따라다니고
아재는 제 소리에 취해
구슬프게 가락을 뽑다가도
뭐 하고 있어
후렴구를 넣으면
소는 알아듣고 자세를 고치곤 했다
까치가 알장거려도
묵묵히 밭갈던 소
모두 사라진 고향

부모님 산소 가는 길에

봄바람에 섞여

아직도 들려온다

# 그믐달

아주 갔구나!
맘먹고 돌아서면
다시 오는 그대

오늘은
소나무 우듬지에 앉아
실눈 뜨고 웃고 있다

무슨 소릴까
네가 돌아오나?
기다리다 보면

휘영청 밤하늘 밝히다가
그믐의 슬픔을
툭 던져놓고 갈마드는

먼 그대
나는 오늘도 출렁댄다

# 빠글 파마

끝물인 국화 애잔하고
언제 변심할지 모르는 따스한 볕

그 여자 지팡이 대신 유모차 끌고
미장원 간다

머리 자르고 빠글파마하고
굽은 등 펴서 이리저리 거울 보면

훨씬 젊어졌다고 치켜세우는 미용사

보일 사람 보고픈 사람 없어도
단풍 핀 머리

화투판에 풍 약 딴
환한 얼굴

# 바람귀신

16살 처녀로 죽은 동생

처녀 귀신 될까 봐

높은 산 꼭대기에 봉분도 없이 묻혔다

시인은 산정을 고고함으로 노래하지만

거기 묻혀보면 알게 될 걸

너무 외로워

바람 귀신이 되어

미친 듯 내려와 울다 간다는 걸

겨울밤이면

집집마다 창을 두드리다

유리창에 얼어붙기도 한다는 걸

하늘 바람 새소리 그리고 적막

견딜 수 없는 그 높은 곳에

홀로 남는다는 것

그게 시일 수도

# 하늬바람

호숫가에 나왔지요
버드나무 흥이 나서
연둣빛 빛살로 축축 늘어진
사이사이로
머리채 흔드는 하늬바람
샛서방 얻어
봄버들처럼 살고 싶은데
호수 가득 윤슬 뿌리며
따라오라
잡아끄는 하늬바람
누구인가요

# 라디오 시절

복지관 팝송 교실
귀먹은 할아버지가 제일 먼저와
맨 앞자리에 앉아계시네
오늘 부를 노래는
캔트 헬프 폴링 인 러브
그냥 앉아있어도 꽃밭이야!
뒤돌아보며 웃는다
1960년대를 지나온 사람들은
그 시절 라디오를 틀면 나오던
팝송이 그립네
엘비스 프레슬리도 가고
도리스 데이도 갔지만
공중에 흩어졌던 노래가
살아서 돌아오네
한글로 토를 달아 가사를
외우던 시절이
음표를 달고 오네

# 화장로

나 세상 뜨면
화장로에 불꽃으로 피었다
한 줄기 연기로 지겠네
바람길
커다란 느티나무로 가겠네
풀려난 몸
바람에 실려
세상을 떠돌리

봄 오면
나뭇가지마다 스며
새잎으로 돋아나리
불꽃이었다
새잎이었다
놀고 돌며
우주 품에 살리

# 떡갈나무

단풍 든 떡갈나무
저 붉은색은
어디 숨었던 걸까

잎새 떨어질 때마다
마주 보고 하지 못한 말

그 가을이 지나갑니다

당신이 떠난다는 건 생각 할 수 없어
마지막 순간까지 붙잡던
나는

떡갈나무 붉은 눈빛처럼
물든 가을입니다

# 대추나무와 능소화

난 널 사랑해
꼭꼭 휘감고 올라가
네 몸 가득히 피었어

송이송이 탐스럽게
내 사랑 타오르고 있잖아
볼품없는 대추꽃 따윈 버려
네 멋없는 몸도

꽃송이 온몸에 피워 줬는데
왜 헐떡거려
내 사랑
숨 좀 쉬어 봐

내가 칭칭 감아 안아주잖아
꽃가마 태워 주잖아
숨 좀 쉬어 봐

# 낙상홍

가을 산 오르다 만난
빨간 동그라미 천 개쯤 매단
낙상홍

환한 불 켜들고
겨우내 새들을 부른다

동그라미는
시작도 끝도 없는 어머니

새가 먹고 새알 낳고
돌고 돌아 다시오는
알

# 돛단배

그가 떠나자 돛단배를
팔뚝에 문신했다

잘 나갈 것 같다

바다로 가야지

수절 같은 건 생각해 본 적 없지만
따라온 애인도 돌려보낸다

사람에 치인 나

이제 바다 소속이 되었으니
파도를 즐길 뿐

환호성 지르며 출렁이다
소멸을 기다릴 뿐

# 꿀 같은 미움

동백숲에 갔었지
파도 소리 들리는 샛길에
깔리는 동박새 울음

빨갛게 멍든 마음도
여기저기 피어있었어!

동박새는 가느다란 주둥이로
꿀을 빨며 이꽃 저꽃으로 날고

미움도 꿀 같은 시가 될까,
그거나 빨다 돌아갈까,

네가 미워 울다가
동백숲에 갔었지

# 무위자연과 함께하는 나의 시

백 혜 자

# 무위자연과 함께하는 나의 시

## 백 혜 자

　나의 시적 질료를 설명하기 위해서 어쩔 수 없이 내가 살아온 편린들을 들춰낼 수밖에 없다. 그래서 그동안 발표했던 나의 시집 속에 있는 시편을 끌어내려 한다.

　나는 대가족 속에서 성장했다. 집안은 늘 친척들과 이웃 사람들로 복작대고 어느 곳 하나 내 자리가 없이 섞여 있었다. 정리 정돈을 못하는 내 성격은 아마도 이런 영향이 컸을 것이다.

　아버지는 춘천시 북산면 오항리(그 당시 오지마을)에서 태어나셨다. 일정시대 말에 학교를 다니셨으며 대동아전쟁, 한국전

쟁을 지나오면서 그 모든 게 공허하다는 생각을 무의식적으로 하셨는지 우리에게 공부하라고 말씀하신 적이 한 번도 없었다. 우리 형제는 아들 여섯 딸 둘의 팔 남매였는데 나는 다섯 번째로 태어났다.

누가 신경 쓰지 않아도 소리 없이 잘 자라는 아이였던 것 같다. 단지 복작대는 집이 싫어 나만의 공간을 찾아 봉의산에 올라가 혼자 앉아 있거나 소양강에 나가 혼자 놀다가 저녁 먹을 때나 돌아왔다. 할 일 없이 배를 타고 서면으로 건너갔다 돌아오기도 했다. 당연히 일에 치인 엄마를 도와 집안일을 돕지 않아 야단을 도맡아 맞았고 부엌일은 거들떠보지도 않았다.

빨리 자라서 집을 벗어나고 싶었다. 그 이유 중 또 하나는 늘 붙어있던 가시 돋친 성격의 내 바로 위 언니를 싫어했기 때문이다. (이건 내가 처음 고백하는 말이다). 내 시 속에는 혼자라는 단어 산이라는 단어가 유독 많다.


　　산을 내려와 산을 볼 때마다
　　산이 금방 나를 낳은 것 같다

　　누가 나를 초록 탯줄에서
　　뚝 떼어 놓은 것 같다

미루나무에서

매미가 나 대신 악쓰며

울어댄다

　　　—「산」 전문 (제2시집 『나는 이 순간에 내가 좋다』에서)


혼자 가는 이슥한 가을 길이

어찌 그리 환하십니까?

　　　—「달」 전문 (제2시집 『나는 이 순간에 내가 좋다』에서)


　산속에 집 짓고 살고 싶은데 뭘 해 먹고 살지 공상하면서 고
교 시절 백일장에 당선되어 배운 적도 없는 시를 쓰며 문학소
녀가 되었다. 내 시에 산 혼자 이런 말이 많이 들어간 것을 뒤
늦게 발견하며 어린 시절이 이렇게 나에게 영향을 끼쳤구나, 생
각했다.


고요히 흩어지는

나의 날숨을 바라본다

폐 속에 나뭇가지를 지나

긴 혈맥의 깅줄기를 감돌아

내 생애의

나이테를 늘이며

흩어지는 날숨들의

구름송이들

(중략)

오늘은

내 숨결이 숲의 향기에

오래 물들도록

날숨의 구름을 날리며

초겨울 숲길을 종일 걸어갔다

　　　　　─「나의 날숨에게」 부분 (첫 시집 『초록빛 해탈』에서)


거울 보면

내 쇄골 아래

소양강 새파란 물줄기가 흐른다


가만히 들여다보면

마음 상하면 달려가 듣던

나를 다독이던 물소리 다정하고


여름밤 강에서 바라보던

빨갛게 익어가던 별 밭이 있다

(중략)

소양강은 언제나 내 몸에 흐르는

새파란 어린 강이다

　　― 「내 쇄골 아래」 부분 (제3시집 『구름에게 가는 중』에서)


　대학을 휴학하고 있을 때 다방 〈여로〉에서 시낭송회가 열렸
다. 함박눈이 오던 밤이었다. 강원일보 기자로 있던 선배의 부
름으로 윤동주의 별 헤는 밤을 낭송하면서 나도 시인이 되어야
지 하고 마음을 먹었지만 얼마 후 영화 속에서 본 간호사의 유
니폼을 보고 그만 반하여 간호사의 길을 선택하여 간호전문대
학에 들어갔다. 세상이 학벌을 따지자 우여곡절을 거치면서 야
간대학을 나왔고 대학원까지 마쳤다.

　처음에는 스칸디나비아 삼 개국이 세우고 운영하던 현대시
설을 갖춘 메디칼센타(중앙국립의료원)에 근무했고, 후에 강릉
간호고등학교의 부름을 받아 교사를 거쳐 춘천간호전문대학에
교수가 되어 후학을 가르치기도 했다.

　지금 생각하면 내가 부모님으로부터 물려받은 건 성실성이었
다. 어머니는 아무리 아파도 그 많은 형제, 군식구들에게 밥을
해주셨다. 아버지 역시 춘천초등학교 교장으로 근무하시다 갑
작스럽게 쉰두 살에 뇌출혈로 돌아가실 때까지 직장을 지각하
거나 결근한 적이 없었고 늘 가족을 위해 헌신하셨다. 우리 형
제들은 아버지가 귀가할 때까지 잠들지 않고 기다렸다. 아버지
가 가끔 들고 오시는 호떡이나 막국수를 얻어먹으려고……

나는 소원대로 집을 떠나 기숙사 생활로 전전했다. 학교를 졸업하고 이어서 직장과 직장으로 이어지는 바깥사람으로 살았다.

빨랫줄에 널린
어머니가 남기고 간
손때 묻은 베자루에
어머니의 손길이
아직도 남아 흔들리고 있다
그리고 떠오른 생각
오이지며 김치 짜며
한 생애 밥 지으시던
어머니 생각
추운 어느 겨울날
꼭두새벽 나보다
더 먼저 일어나 밥 지어 놓아
뜨거운 밥 뜨거운 국에 말아 먹고
어두운 길 나서서 첫차 타고 출장 가던 일
언제나 나를 달리게 한
어머니의 성실한 밥 짓기
그 뜨거운 유산인 나의 생애를

이제야 가만히 안아본다

— 「어머니의 뜨거운 유산」 전문 (제4시집, 『저렇게 간드러지게』에서)


세월이 가면서 세상도 변하고 친척들도 멀어지고 형제들이
자라서 차례로 집을 떠나고 홀로 남게 된 어머니는 직장생활
하며 가사도우미를 찾지 못해 아이들과 쩔쩔매는 나를 도와주
셨다. 어머니 아니면 어떻게 아이들을 다 키웠을까? 역설적으로
집안일을 돕지 않던 나를 도와주신 어머니가 고맙고 고마울
따름이다.

일에 달인이셨던 어머니 덕에 편히 직장에 다닐 수 있는 행운
을 누렸다. 어머니가 돌아가고 남긴 살림살이의 흔적들이 오래
나를 슬프게 했다. 연세가 점점 많아지자 어머니는 우리 집 장
담그는 걱정을 하셨다. 딸을 잘 아는 어머니는 아범(남편)에게
가르쳐줘야 한다고 벼르시다 끝내 어머니의 장 담그기는 맥이
끊기고 말았다.


어머니의 장독대에
직녀의 날개옷 같은
앵두꽃이 피었다


팔순이 넘으신 어머니가

갓 담근 장항아리를
모두 열고
봄 햇살을 넣으시다
고운 앵두꽃을 바라보신다

항아리 속에 장을
채우고 비우는 사이
민들레 갓털처럼
여물어
가벼워지신 어머니

세월에 밀려나는
장독을 홀로 돌보시며
날개옷 속에 묻혀있다

한결 목청 높아진
참새와 봄을 나누시며
햇살 속에 섞이신 어머니가
곧 하늘로
날아오를 것만 같다
　　　　　　　—「어머니의 장독대」전문

어린 날 아플 때면
아랫목 아버지 곁에서 잤다

죽은 듯 자는 잠을 들춰보며
죽었나? 하고
농을 거시던 아버지 생각

그 겨울의 아랫목

아버지 곁에 누워 열에 들떠
풋잠 속으로 잠행하던

따뜻하고 아늑한 잠!
　　　　　—「아랫목」 전문 (제6시집 『민들레 틈새에 앉아서』에서)

　약간 괴팍하고 사람 사이에 섞이기를 싫어했지만 다행히 좋은 남편을 만났다. 내가 마음 놓고 밖에 나가 활동할 수 있었던 건 그의 협조가 컸다. 남녀의 일을 가리지 않고 아이도 함께 키우고 친정어머니와 가사일 힘든 일을 도맡아 도와주었다. 이 두 분이 아니었으면 오늘날의 나도 없었을 것 같다.

　나는 여전히 산을 좋아했다. 일요일이면 무조건 금병산으로 향했다. 원시림 같았던 산을 그렇게 십 년을 오르내렸다. 그러

노라니 그곳에도 많은 변화가 왔다. 송전탑이 들어섰고 김유정 문학촌을 비롯해 예술인촌이 생겨나기 시작했다.

다음으로 향한 산이 강원대학 연습림인 구월산을 끝으로 모든 것이 변했고 함께하던 동행도 이사 가면서 먼 산으로 가는 것을 그만두고 예전처럼 봉의산을 날마다 오르내렸다. 어머니 말씀대로 그곳에 한 살림 차린 듯 하루라도 못 가면 마음이 불편했다.


한 떨기 꽃나무인 줄 알았나?
하산하는 나를
나비가 부지런히 쫓아오네

　　—「하산」 전문 (제2시집 『나는 이 순간에 내가 좋다』에서)


무심코 산모롱이 돌아가다
소식 없이 온 애인 같이
활짝 핀 산동백과 마주친다


파릇하게 달아오른 나의 두 볼


겨울 풀리는 여울 소리에
들썩이는 산

달려와 내 품에 쓰러지는

알싸한 향기

  —「산동백」 전문 (제2시집 『나는 이 순간에 내가 좋다』에서)

산은 나의 안식처였다. 살면서 받은 상처가 산을 오르다 보면 모두 호흡에 섞여 구름처럼 날아갔다. 어쩌면 이 산행 시절이 내 인생의 전성기였을지도 모른다. 산에 올라 도나 닦았어야 할 운명은 아닌 듯 세속적인 것에 몸을 담그고 지지고 볶으며 그 와중에도 늘 산행했다.

아이들은 모두 자라 제 갈 길로 가니 나는 아이들로부터 자유로워지고 이때부터 묵혀두었던 시를 다시 쓰기 시작했다.

단풍 든 떡갈나무 숲도
새 울음도
땀에 젖은
이마를 스치는 바람결도
떨어지는 낙엽까지
모두 금싸라기

지천으로 쏟아진 금을

밟으며 돌아오는 일확천금의 저녁은

하느님이 나에게 무조건 내리시는
은총의 로또복권이 아니고 뭐겠습니까
　　　　　—「로또복권」 전문 (제4시집 『저렇게 간드러지게』에서)

태풍에 꺾여 내동댕이쳐진
솔가지 다듬어
아픈 다리 의지하고 간다

지팡이 곁가지에 아직 윤기 나는
생솔가지 하나 붙어 쫄랑쫄랑 따라온다

죽은 줄 모르고
쫄랑쫄랑 따라온다
　　　　　—「지팡이」 전문 (제4시집 『저렇게 간드러지게』에서)

　산행하다 보면 늘 가슴 찡한 것들이 나를 지켜본다. 돌아와 그것들을 생각하며 시를 쓰다 보니 자연이 주는 위로에 더 깊은 감동을 느꼈고, 사람들과의 모듬살이의 시적 사유가 적었다. 아마도 그게 나의 한계인 것 같다.

　그동안 여섯 권의 시집을 내며 무명 시인임을 즐겼다. 누구에게 조명받는 것은 지금도 부담스럽다. 무명을 즐기며 마음 다치는 평가를 두려워하며 나는 그냥 시를 쓴다.

나에게도 뜻하지 않은 인생 최고의 불행이 찾아왔다. 췌장암으로 남편을 떠나보내며 이런 불행은 나라고 비켜 가지는 않는구나, 탄식했다. 내 직업이 생사의 갈림길에 놓인 사람들을 만나며 많은 죽음을 돌보는 간호사였음에도 내가 당한 그와의 사별은 마냥 슬프기만 했다. 내 존재의 반이 날아갔으며 가장 가까운 사람의 죽음을 보면서 나 또한 저렇게 한 줄기 연기로 사라지는 사실을 온몸으로 느꼈다.

아무것도 할 수 없어 매일 산을 오르내리며 혼자서 지냈다. 그렇게 애도의 과정을 지날 때 시를 쓰는 시우들이 나를 불러냈다. 그중에 나보다 먼저 그런 아픔을 지나온 친구가 김유정 문학촌에서 시 교실을 운영한다며 나를 끌어냈다. 금병산은 내가 십 년이 넘도록 오른 산이고 그곳에 많은 추억이 있어 선뜻 나섰다.

그리고 시 교실에 들어가 강사로 온 전윤호 시인을 만났다. 전 시인을 만난 건 그때가 처음이다.

「서른 살 즈음에」, 그리고 「도원」이란 작품이었나? 시가 좋아서 기억하고 있었던 이름이 나중에야 떠올랐다. 전 시인에게서 시는 역설로 이루어진다는 것, 의인법은 실패가 없다는 것, 시는 다큐가 아니라는 것,

시도 이야기라는 것 등을 다시 배웠다.

금병산을 보는 위안에 매주 그곳에 갔다. 그리고 시련의 와중에도 다시 시를 쓰는 게 삶의 유일한 위로가 되었다.


산을 오르는 것은

오래된 기도

(중략)

숨찬 성깔은 바람에 실려 흩어지고

어깨를 내주던 상수리나무

눈물에 섞이던 바람

헐벗은 나무에 무게도 없이 쏟아져 내리던 햇살

겨울 가면 떠나간 것이 다시 돌아오곤 했지

　　　—「내 오래된 기도」 부분 (제5시집 『귀를 두고 오다』에서)


들판에 풀이 파릇파릇 해 질 때

나도 파릇해진다

마파람이

앵두꽃 봉오리 만질 때

내 가슴도 봉긋봉긋 부풀고

잎눈 뾰족이 끌어올려

연둣빛 새 눈 뜬다

　　　—「다시 봄」 부분 (제5시집 『귀를 두고 오다』에서)

날 저물면
불 켜고 기다리는 등대

비릿한 바람 속 풍물장은 비어가고

한눈에 보이는
날 기다리는 별 한 채

춘천은 항구다

　　　　　　— 「춘천항」 전문 (제5시집 『귀를 두고 오다』에서)

지금은 춘천 항에 정박 중이다. 영화 「일 포스티노」에서 시인 네루다와 어부의 아들 마리오의 대화가 생각난다.

"선생님 어떡하지요. 전 사랑에 빠져 버렸어요. 거기엔 약이 있다네. 아니요, 약은 필요 없어요. 저는 계속 아프고 싶어요."

시 쓰기는 낫고 싶지 않은 병인지도 모른다. 이번 일곱 번째 시집을 엮으며, 나를 위해 몸을 내준 나무를 생각하며 종이에 고마움을 느낀다.

시집왔니?

친구의 문자

살구나무에서 새소리 쏟아진다

시가 저렇게 쏟아지면 좋겠다

시가 좋아서

시집가잖아

하며 창문을 닫는다

창 앞까지 달려온 안개가

어느덧 걷히고

새신랑

시집왔다

―「시집온 날」 전문 (제7시집 『쇠비름의 집』에서)

남겨진 시간 속에 내 유일한 무대가 되는 시 쓰기가 있는 것이 기쁘다. 보아주는 관객 단 한 사람이라도 박수 쳐주길 기대하며 시를 쓴다. 바로 그 단 한 사람이 나겠지만….

벗나무 올려다보니

우주로 문을 낸 까치집에

하얀 꽁지가

꼼지락 꼼지락거린다

집수리하는지

낮달도 따라와 서 있다

봄이 나무속으로 와

꽃망울이

어린 소녀 젖꼭지만 해졌다

저 꽃 만발할 때

터지는 황홀

꽃 속에 앉을 날

멀지 않구나

— 「우주로 낸 문」 전문 (제7시집 『쇠비름의 집』에서)


날마다 펼쳐지는 구름과 바람의 향연과 햇빛의 마술. 산책길
에 기다리는 나무들, 새 땅을 찾아 떠나려고 날개를 짓고 있는
억새. 나는 그 길에서 애기똥풀처럼 번성하는 시를 노랗게 피우
고 싶다.


요양병원에서 집에 온 오빠

천국에 온 것 같구나!

마누라가 천사같이 보여

모처럼 통증 없는 시간이

늦가을 바람에 흔들린다

어쩔 수 없이 가는 가을

하루를 천년처럼 살아보려 해

바나나 한 쪽을 드리니

집에서 쫓겨나지 않으려고

오래 잡수신다

낡은 냉장고 돌아가는 소리가

태평가처럼 들리는

천국의 오후였다

— 「천국의 오후」 전문 (제7시집 『쇠비름의 집』에서)

지금 나도 천국의 오후를 지나고 있다. 언제나 한계에 부딪히는 시 쓰기. 세상은 변하고 새로운 세대들의 시는 낯설어 쫓아갈 수 없고, 나는 나의 시대 나의 말의 시를 쓸 수밖에 없다.

그래도 시를 쓰는 것은 낫고 싶지 않은 병이고 나의 텅 빈 하루를 채우는 노을이다.